1. Klasse
Der Bücherbär

Liebe Eltern,

jedes Kind ist anders. Eines kennt bereits alle Buchstaben in der Vorschule und kann sie zu Wörtern formen. Ein anderes lernt das Abc beim Eintritt in die Schule. Für das spätere Leseverhalten ist das völlig unerheblich. Wichtig aber ist der Spaß am Lesen – und zwar von Anfang an. Darum muss sich die konzeptionelle Entwicklung von Lesetexten an den unterschiedlichen Lernentwicklungen der Kinder orientieren. Unser Bücherbär-Erstleseprogramm umfasst deshalb verschiedene Reihen für die Vorschule und die ersten beiden Schulklassen. Sie bauen aufeinander auf und holen die Kinder dort ab, wo sie sind. So wird der Lernprozess auch für den fortgeschrittenen Erstleser leichter und die Freude am Lesen hält ein Leben lang.

Die Bücherbär-Reihe ***Eine Geschichte für Erstleser*** richtet sich an geübte Leseanfänger im zweiten Halbjahr der 1. Klasse. Mit einer ersten längeren, durchgehenden Geschichte macht das erste Lesen viel Spaß.

In Zusammenarbeit mit **westermann**

Katja Alves

Karlottas fantastische Tierpension

Eine lustige Grusel-Party

Dieses Buch gehört:

Noch mehr von Karlottas Tierpension:
Band 1: Das fiese Sellerie-Komplott

Katja Alves
wurde in Coimbra/Portugal geboren.
Sie arbeitete in verschiedenen Berufen, u. a. als
Buchhändlerin und Radioredakteurin.
Heute lebt sie als freie Autorin von Kinderromanen,
Kindergeschichten und Hörspielen mit ihrer
Familie in Zürich.

Elli Bruder
hat schon als kleines Mädchen gerne
Bildergeschichten gezeichnet. Seit dem Studium
in Schottland und Freiburg arbeitet sie als
Grafikerin/Illustratorin. Sie lebt mit
ihrem Mann und einem Stall voller Tiere
im Pfälzer Wald.

MIX
Papier aus verantwortungsvollen Quellen
FSC® C110508
FSC www.fsc.org

1. Auflage 2015

Einband und Illustrationen: Elli Bruder
Gesamtherstellung: Westermann Druck Zwickau GmbH
ISBN 978-3-401-70601-6

www.arena-verlag.de

Katja Alves

Karlottas fantastische Tierpension

Eine lustige Grusel-Party

Mit Fragen zum Leseverständnis

Bilder von Elli Bruder

Arena

Das ist Karlotta!

Karlotta ist sehr sprachbegabt.
Deshalb spricht sie auch
die meisten Tier-Sprachen der Welt:
Elefantisch, Seehundisch, Hirschisch
und sämtliche Mäuse-Dialekte.
Von Fledermäusisch
bis Zwergmäusisch.
Das ist äußerst praktisch,
denn Karlotta
lebt mit ihrem Papa
in einer kleinen Tierpension.

Karlotta ist immer guter Laune.
Nur dann nicht, wenn sie
viel zu früh ins Bett geschickt wird.

Das ist Karlottas Papa.
Doktor Jens Kieselstein
ist von Beruf Tierarzt
und weltberühmt.
Deshalb muss er auch
schrecklich viel verreisen.
Er war schon
mindestens einmal
in allen Ländern
der Welt.

Das ist Tante Fiorella,
die Schwester von Jens Kieselstein.
Sie passt auf Karlotta auf,
wenn Doktor Kieselstein
einen wichtigen Vortrag halten muss.
Zum Beispiel darüber, wie man
in nur drei Tagen Lamisch lernt.

Tante Fiorella legt
großen Wert darauf,
dass Kinder rechtzeitig
ins Bett gehen.
Um wie viel Uhr das ist,
weiß sie aus ihrer
Kinder-Gebrauchsanleitung.

Das ist Karlottas
bester Freund Zacharias.
Er hat viele gute Ideen,
die er auf kleine Zettel schreibt.

Tante Fiorella

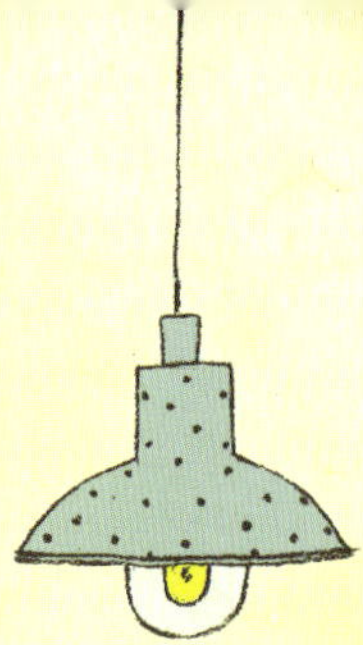

„Karlotta! Wo bist du?“,
ruft Zacharias und stürmt
durch die offene Tür der Tierpension.
Mitten im Flur steht Tante Fiorella
und blättert in einem dicken Buch.
„In meiner
Kinder-Gebrauchsanleitung steht,
dass Kinder immer klingeln,
bevor sie in eine fremde Wohnung
kommen.“
Tante Fiorella schaut Zacharias
neugierig an.
„Du bist doch ein Kind?“, fragt sie.

Zacharias bleibt
wie angewurzelt stehen.
Von ihrer Tante Fiorella
hat Karlotta noch nie erzählt.
Suchend schaut er sich um.
„Hier bin ich!“, ruft Karlotta.
Sie kommt aus der Küche,
gefolgt von ihrem Vater,
Doktor Kieselstein.

„Tschüss, ihr Lieben!
Tschüss, Karlotta,
mein Schnäuzchen, äh ... Käuz...“,
murmelt er ratlos.
„Mäuschen“, sagt Karlotta.
„Papa, du nennst mich Mäuschen!“
„Genau!“, ruft Doktor Kieselstein.
„Und sei schön brav,
wenn ich weg bin!“
„Brav wie ein Schaf“,
kichert Karlotta.

„Genau“, sagt Tante Fiorella
zufrieden.
„Kinder brauchen viel Schlaf.“
Doktor Kieselstein nimmt
seinen Mantel.
„Und bitte vergiss nicht,
meine liebe Schwester,
Charlotte Schaf Punkt sechs Uhr
die Lockenwickler einzudrehen.
Sie besteht auf ihren Schafslocken.
Und Eleonora Elefanten-Dame …“

„Aber natürlich, mein lieber Jens“, unterbricht Tante Fiorella Doktor Kieselstein. „Ich vergesse nie etwas!“

Kurz darauf ist Doktor Kieselstein weg. Tante Fiorella schaut prüfend auf ihre Uhr: „Gleich ist Schlafenszeit!“

Karlotta verdreht die Augen. „Aber Tantchen, doch nicht um drei Uhr nachmittags! Außerdem ist Zacharias zu Besuch!“

„Na ja!“, murmelt Tante Fiorella.
„Aber ich werde jetzt
ein Nickerchen machen.“
Gähnend schlurft sie
ins Gästezimmer.
„Und was machen wir jetzt?“,
fragt Karlotta.
„Moment!“, ruft Zacharias
und durchwühlt seine Hosentasche.

Zacharias hat eine Idee und Karlotta auch

„Auf meinem Zettel steht,
dass ich dich heute besuchen will“,
sagt Zacharias.
„Aber du bist doch schon da“,
sagt Karlotta ungeduldig.
„Hast du keinen anderen Zettel
dabei?“

Zacharias breitet den Inhalt
seiner Hosentaschen
auf Karlottas Teppich aus:

ein Pfefferminz-Bonbon
(schon einmal probiert),

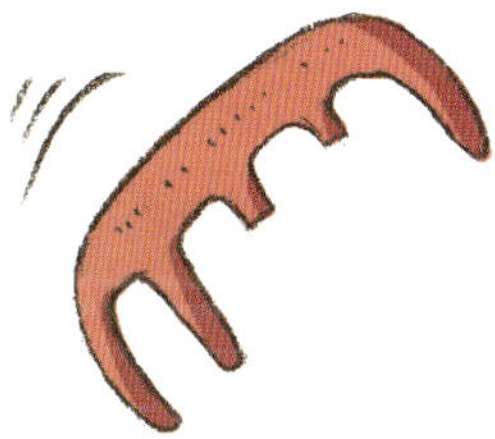

ein Kamm mit nur noch
drei Zähnen,

eine vergilbte Eintrittskarte
von Zacharias' letztem Urlaub.

„Zeig mal!“, ruft Karlotta
und schnappt sich
die Eintrittskarte.
„Das sieht aus
wie eine Grusel-Burg!
Gab es da auch Gespenster?
Ich liebe Gespenster!
Ich kann nämlich auch
Gespenstisch sprechen“,
ruft Karlotta begeistert.
Dabei hüpft sie wild
im Zimmer herum.

„Ich habe eine Idee!“,
ruft Zacharias.

„Wir machen eine
Grusel-Gespenster-
Überraschungs-Party!“

„Das ist super!“,
freut sich Karlotta.
„Ich liebe Überraschungs-Partys!“
Aber dann hält sie plötzlich inne.
„Und wo machen wir die Party?“
„Na hier, in der Tierpension!“,
sagt Zacharias.
„Das geht nicht“, seufzt Karlotta.
„Ich glaube nicht,
dass Tante Fiorella es erlaubt.“

Die Planung

Doch Karlottas Befürchtungen
sind umsonst.
Denn Tante Fiorella blättert
in ihrer Kinder-Gebrauchsanleitung
und sagt: „Hier steht, dass Kinder
Abwechslung brauchen!“
„Unsere Party wird sehr
abwechslungsreich!“,
ruft Karlotta und blinzelt
Zacharias verschwörerisch zu.
Dass es sich um eine Grusel-Party
handelt, verschweigt Karlotta.
Wer weiß, ob Tante Fiorella
das gefallen würde!

Am nächsten Tag treffen sich Karlotta und Zacharias im Garten der Tierpension.
„Ich schreibe auf, was man alles zu einer Grusel-Party braucht“, schlägt Zacharias vor und nimmt einen langen Zettel hervor.

Zacharias überlegt:
„Wovor sollen sich die Gäste
eigentlich gruseln?
Auf der Burg gab es
jede Menge Verliese und
unheimliche Rüstungen.“
Zacharias schaut sich um.
„In der Tierpension sieht alles
nett und freundlich aus.
Vielleicht hilft uns
deine Tante?“

„Tante Fiorella trägt
keine Rüstungen“,
sagt Karlotta.
„Dann haben wir ein Problem“,
seufzt Zacharias.
„Stimmt“, sagt Karlotta.
„Und jetzt?“

Eleonora Burg-Gespenst

„Hehe, nicht tuscheln!“,
ruft Eleonora, die Elefanten-Dame.
Sie stupst Karlotta ungeduldig an.
Seit sie sich einen ihrer vier Füße
verknackst hat, wohnt sie
bei Doktor Kieselstein als Dauergast.
„Bitte stör uns jetzt nicht!“,
sagt Karlotta.
„Wir müssen nachdenken.“
„Nicht stören, ist langweilig!“,
protestiert Eleonora.
„Doktor Kieselstein hat gesagt,
dass jemand mindestens
eine Stunde am Tag
mit mir spielen muss.

Und ich will jetzt sofort
‚Elefant ärgere dich nicht' spielen!"
„Frag doch die drei
neuen Meerschweinchen",
schlägt Karlotta vor.
„Dann seid ihr zu viert."

„Ich spiele nicht mit den Pelzlingen“, sagt Eleonora empört. „Die schummeln. Ich habe doch gehört, dass ihr etwas vorhabt.“ „Also gut!“, sagt Zacharias und schaut zu Karlotta. „Wir planen eine gruselige Überraschungs-Party.“

„Ich mache auch mit!“, ruft Eleonora. „Ich will eine gruselige Überraschung sein!“ „Das ist eine Spitzen-Idee!“, ruft Karlotta begeistert.

„Die Tiere spielen
unsere Grusel-Monster!
Das wird die überraschendste
Überraschungs-Party überhaupt!“

Noch am selben Tag treffen sich
alle Bewohner der Tierpension
zur großen Rollenverteilung.
Natürlich heimlich,
damit Tante Fiorella
nichts merkt.

Zacharias schreibt alles auf.
Eleonora Elefanten-Dame spielt
ein vornehmes Burg-Gespenst.
Zur Begrüßung wird sie gefährlich
mit den Ohren hin und her schlagen
und trompeten.

Franz Fledermaus spielt
im Wohnzimmer im Skelett-Kostüm
unheimliche Musik auf dem Klavier.
Und Pepe Papagei
krächzt dazu grausig.

Harald Hirsch macht im Keller Stepptanz. Das klingt dann, als ob es dort spuken würde.

„Und was ist mit uns?“, fragen die drei Meerschweinchen. „Zu einer Grusel-Party passen keine Meerschweinchen. Vor euch wird sich niemand fürchten“, erklärt Zacharias. „Ihr habt frei“, sagt Karlotta schnell.

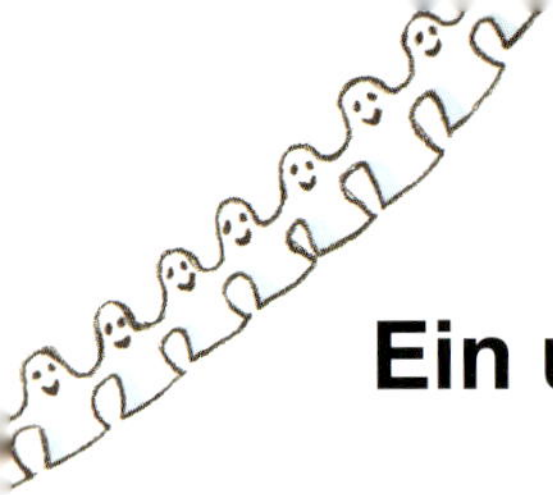

Ein ungeplantes Gespenst

Einen Tag vor der Party
schmücken Karlotta und Zacharias
das Treppenhaus
mit selbst gebastelten
Gespenster-Girlanden.
Tante Fiorella ist so begeistert,
dass sie einen giftgrünen Kuchen
für die Party backen will.
„Kinder brauchen Farben“,
freut sie sich. „Das steht in meiner …“
„Schon gut, Tantchen“,
kichert Karlotta.

Am Samstagnachmittag
ist es so weit!

Punkt zwei klingelt es an der Tür.
Vor der Tür stehen ein paar Kinder
aus Karlottas und Zacharias’ Klasse.

„Hier sieht es aber gar nicht aus
wie in einer Grusel-Burg!“,
beschwert sich Juri gleich.
Auch Klara, Lilli und Felix
sind enttäuscht.
„Wo sind denn die Gespenster?“,
fragt Hanna und schaut sich
suchend um.

„Ich werde erst mal
ein Nickerchen machen“,
sagt Tante Fiorella,
nachdem sie alle begrüßt hat.
„Kuchenbacken macht ja so müde!“
„Kommt, wir gehen
ins Wohnzimmer“,
ruft Karlotta geheimnisvoll.
Dort sitzt nämlich Eleonora
und schlägt wie wild
mit den Ohren.

„Dieser Elefant ist doch
nicht gruselig“, sagt Felix.
„Der wohnt doch immer
in der Tierpension.“

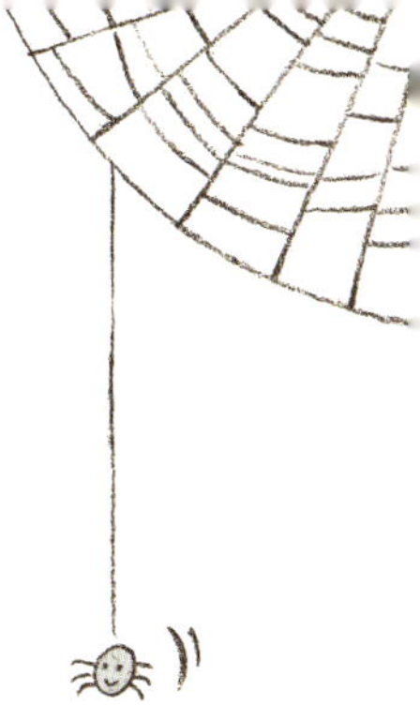

„Weckt bloß nicht
das Keller-Gespenst!“,
flüstert Zacharias.

„Ach was, das ist bloß
ein alter Hirsch,
der dumm herumhopst“,
stöhnt Lilli.
„Wir haben gesehen,
wie er die Treppe hinunter ist.“

„Ich finde die Fledermaus
auch nicht so spannend“,
sagt Juri.
„Gibt es Kuchen?“,
will Klara wissen.

„Klar“, sagt Karlotta enttäuscht.
So hat sie sich die Party
nicht vorgestellt.
„Und euch gruselt kein bisschen?“,
fragt sie unsicher.

„Hilfe! Ein Gespenst!!!“,
ruft da auf einmal Tante Fiorella
und stürmt ins Wohnzimmer.
„Ich glaube, mein Kopfkissen lebt“,
stammelt sie kreidebleich.
„Es ist mir über
das Gesicht gelaufen!“
„Gehört das auch zur Party?“,
fragt Juri leise.

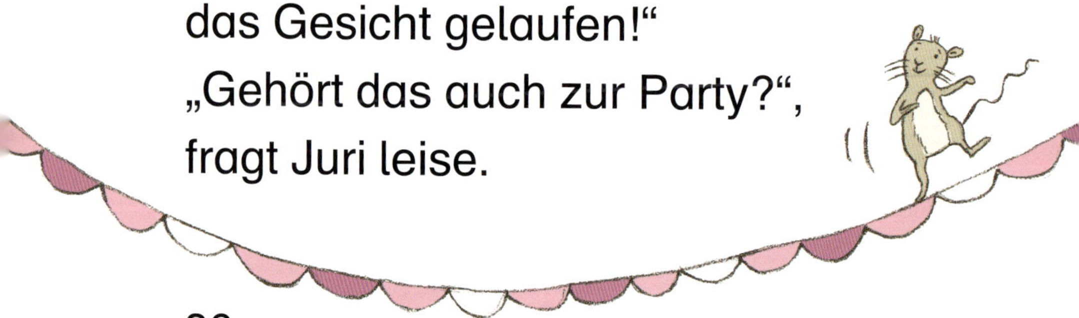

Noch mehr Grusel

Zacharias holt seinen Zettel hervor.
„Das Kissen macht nicht mit“,
erklärt er.

„Ein Kissen mit Beinen!
Das ist echt gruselig!“, ruft Lilli.
„Da!“, kreischt Juri. „Der Teppich
läuft zur Haustüre hinaus!“
„Der Blumentopf bewegt sich auch!“,
sagt Felix erschrocken.
„Hilfe! Ich sehe
einen tanzenden Hut!“,
stöhnt Hanna.

„Ich will nach Hause!“, ruft Klara.
Alle stürzen zur Tür hinaus.
„So wartet doch!“, jammert Karlotta.

„Ich rufe jetzt deinen Vater an“,
sagt Tante Fiorella.
„Irgendetwas stimmt hier nicht.“
Doch als sie zu ihrer Tasche greift,
rennt diese davon.
„Oh, mein Gott!“, ruft Tante Fiorella.
„Ich brauche sofort
einen Beruhigungs-Tee!“
Schnell eilt sie in die Küche.
„Das Gespenst ist überall“,
flüstert Zacharias.

„Ich mag nicht mehr“,
ruft Eleonora.
„Uns gefällt dieses blöde Spiel
auch nicht“, stimmen ihr
Franz Fledermaus und
Pepe Papagei zu.
„Von anderen Gespenstern
war nie die Rede. Wir gehen!“,
sagt Harald Hirsch.
„Halt, bleibt doch hier!“,
ruft Zacharias verzweifelt.
Doch es ist zu spät.
Alle sind weg!

Zacharias schaut sich ängstlich
im Zimmer um.
„Ich finde es auch ein bisschen
sehr unheimlich hier“, sagt er.
„Vielleicht sollten wir
eine Gespenster-Falle bauen“,
schlägt Karlotta vor.

„Ich habe mir aber nirgends
aufgeschrieben, wie so was geht“,
erklärt Zacharias.
Am liebsten würde er auch
nach Hause gehen.
„Ich weiß, wie das geht!“,
sagt Karlotta entschlossen.
„Wir holen einfach den großen
Tier-Transportkäfig von Papa
aus der Garage. Und wenn
das Gespenst drin ist, machen wir zu.“

Gefangen!

„Zuerst verstecken wir uns
hinter dem Sofa und warten,
bis sich das Gespenst zeigt“,
flüstert Karlotta.
„Dann holen wir den Käfig.“
Plötzlich hören Karlotta und
Zacharias ein leises Tippeln.
Klick, klack, klick, klack ...
Ein Salat-Sieb mit zwölf
kleinen Füßen marschiert
auf ein Stück Kuchen zu,
das Juri vor Schreck
fallen gelassen hat.
„Das haben wir uns verdient“,
sagt ein piepsiges Stimmchen.

„Hast du ihre Gesichter gesehen?“,
kichert ein zweites.
„Alle sind abgehauen …“,
ruft ein drittes Stimmchen.
„Wir sind ja sooo gruselig!“
„Los!“, ruft Karlotta und packt
das Salat-Sieb.
„Oho! Wen haben wir denn da!
Drei kleine Meerschweinchen!“

„Ihr wart das! Ihr habt euch
im Kissen versteckt und
alle erschreckt!“,
sagt Zacharias und kommt
hinter dem Sofa hervor.
„Und der Teppich und
der Blumentopf,
das wart auch ihr?“,
fragt Karlotta.

„Klar“, piepsen
die Meerschweinchen.
„Ihr habt uns nicht mitspielen lassen,
und deshalb haben wir selbst
eine Grusel-Party veranstaltet.
Eine wirklich überraschende.“
Die Meerschweinchen kichern.
„Und wegen euch sind jetzt
alle Tiere und Gäste weg!“,
sagt Karlotta vorwurfsvoll.
„Eine tolle Überraschung!“
In diesem Moment öffnet jemand
die Haustüre.

Und noch eine Überraschung

„Hallo! Ist hier denn niemand?“,
ruft Doktor Kieselstein.
Er schaut sich im Wohnzimmer um.
„Wie nett! Eine Willkommens-Party.
Aber woher habt ihr gewusst,
dass ich früher ...“
Doktor Kieselstein kratzt sich
am Kopf.

„Hallo Sports-Freunde!“,
ruft da jemand.
Jetzt erst sehen
Karlotta und Zacharias,
dass Doktor Kieselstein
noch jemanden dabeihat.

„Das ist Bertie. Das musikalischste Känguru weit und breit“, erklärt Doktor Kieselstein stolz. „Ich liebe Partys!“, ruft Bertie.

„Jens! Zum Glück! Stell dir vor, in deiner Tierpension spukt es!“ Tante Fiorella kommt ins Zimmer gestürzt.

„Ach was!“, grinst Zacharias.
„Das waren bloß drei harmlose Meerschweinchen-Gespenster!“
„In unserer Gebrauchsanleitung für Tanten steht nämlich, dass Tanten ab und zu etwas Grusel brauchen“, kichert Karlotta.
„Ist das so, mein Mäuschen? Dann muss ich unbedingt mal einen Vortrag darüber halten …“, überlegt Doktor Kieselstein.
„Aber nicht jetzt!“, ruft Karlotta.
„Jetzt holen wir die Tiere zurück!“
„Ich verstehe gar nichts!“, sagt Doktor Kieselstein verwirrt.

Am nächsten Tag werden alle
noch mal eingeladen:
Felix, Klara, Lilli, Hanna und Juri.
Und auch die Tiere sind wieder da.
Alle feiern mit,
auch die drei Meerschweinchen.
Bertie macht Musik, und alle tanzen.
Es ist so lustig, dass Tante Fiorella
sogar vergisst, dass die Kinder
eigentlich ins Bett müssten.

Doch ganz vergessen hat sie es
natürlich nicht.
Leise sagt sie zu Eleonora:
„In meiner
Kinder-Gebrauchsanleitung steht:
In Ausnahmefällen dürfen Kinder
auch mal länger wach bleiben.“
Und heute ist schließlich
ein Ausnahmefall!

Quizfragen zum Leseverständnis

Trage die Silben jeder richtigen Antwort in die Kästchen ein.
Dann kennst du das Lösungswort.

1. In wie vielen Ländern war Doktor Kieselstein?

a) in Deutschland und Österreich A
b) in allen Ländern der Welt E
c) am Südpol X

2. Welches Buch hat Tante Fiorella dabei?

a) eine Kinder-Gebrauchsanleitung LE
b) ein Tier-Lexikon GE
c) ein Kochbuch ST

3. Was für eine Party planen Karlotta und Zacharias?

a) eine Pyjama-Party AUF
b) eine Geburtstags-Party VER
c) eine Grusel-Party FAN

4. Wer soll im Keller Stepptanz machen?

a) Doktor Jens Kieselstein UNG
b) Harald Hirsch TEN
c) die drei Meerschweinchen GEN

5. Wer spaziert Tante Fiorella über das Gesicht?

a) ein Kopfkissen DA
b) ein Frosch OB
c) eine Fledermaus ST

6. Was mag Bertie Känguru?

a) Bananen ER
b) Rüstungen EN
c) Musik ME

Das Lösungswort heißt:

1	2	3	4	-

5	6

Lösungswort: Elefanten-Dame

Eine Geschichte für Erstleser

Milla im magischen Garten
978-3-401-70425-8

Karlottas fantastische Tierpension. Das fiese Sellerie-Komplott
978-3-401-70328-2

Edward und die Schlossgespenster
978-3-401-70323-7

Hieronymus Frosch. Auf der Jagd nach dem Tomaten-Frosch
978-3-401-70185-1

Jeder Band: Ab 6 Jahren • Eine Geschichte für Erstleser • Durchgehend farbig illustriert
56 Seiten • Gebunden • Format 15,9 x 21,1 cm

Mit Bücherbärfigur am Lesebändchen und Extra-Leseübungsheft

Klare Textgliederung

Eine kleine Geschichte in kurzen Kapiteln für das erste Lesejahr

Große Fibelschrift

Innenseite aus »Zusammen sind wir stark«
978-3-401-70035-9

Für geübte Leseanfänger ist eine längere durchgehende Geschichte genau das Richtige! Mit der großen Schrift, den kleinen Kapiteln und den vielen farbigen Bildern macht das erste Lesen viel Spaß.

In Zusammenarbeit mit westermann

1. Klasse
Der Bücherbär

Kleine Geschichten

Schulweggeschichten
978-3-401-70407-4

Freundschafts-geschichten
978-3-401-70485-2

Abenteuerinsel-Geschichten
978-3-401-70488-3

Seepferdchen-Geschichten
978-3-401-70492-0

Jeder Band: Ab 6/7 Jahren • Kleine Geschichten • Durchgehend farbig illustriert
48 Seiten • Gebunden • Format 15,9 x 21,1 cm

t Fragen zum Lese-
rständnis und **Bücherbär**
ı Lesebändchen

Zeilentrennung nach Sinneinheiten

Sehr einfache Textgliederung für das erste Lesejahr

Große Fibelschrift

Hoher Illustrations-anteil

Innenseite aus »Mammutjäger-Geschichten«
ISBN 978-3-401-09771-8

Die kurzen Geschichten rund um ein beliebtes Thema sind besonders gut zum allerersten Selberlesen geeignet. Durch die klare Textgliederung und die vielen farbigen Illustrationen ist das Lesen ganz leicht.

In Zusammenarbeit mit **westermann**